Mapa de
LOS DE ARRIBA Y LOS DE ABAJO

PAl
OMA

A mi tía Margarita,
que vivía abajo; ahora
estará cosiendo arriba.

A Michael Nyman
(este cuento tiene
su banda sonora).

Colección **libros para soñar**®

© del texto y de las ilustraciones: Paloma Valdivia, 2009
© de esta edición: Kalandraka Ediciones Andalucía, 2014
Avión Cuatro Vientos, 7- 41013 Sevilla
Telefax: 954 095 558
andalucia@kalandraka.com
www.kalandraka.com

Impreso en Gráficas Anduriña, Poio
Primera edición: mayo, 2009
Tercera edición: mayo, 2014
ISBN: 978-84-96388-28-4
DL: SE-2099-2009

LOS DE ARRIBA Y LOS DE ABAJO

Paloma Valdivia

kalandraka

En el mundo existen dos tipos de habitantes.

Los de arriba y los de abajo.

Los de arriba viven igual que los de abajo.

Y los de abajo igual que los de arriba,
pero al revés.

Los de arriba piensan
que los de abajo son diferentes.

Los de abajo piensan
que los de arriba son diferentes.

Pero son todos iguales,
aunque hay pequeñas diferencias.

Cuando los de arriba van en bañador,
los de abajo llevan paraguas.

Mientras la primavera entra por un lado,
el otoño empuja por el otro.

Si arriba es tiempo de siembra,
abajo lo es de cosecha.

Los de arriba bajan,

los de abajo suben.

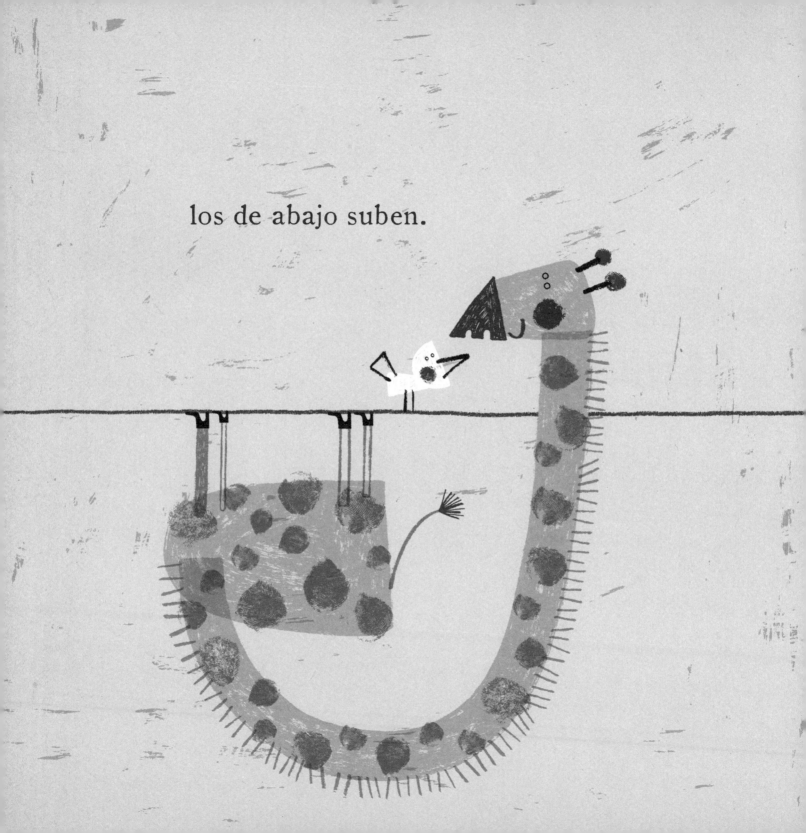

Todos, alguna vez,
han soñado que vuelan, pero...

¿quiénes son los de arriba
y quiénes los de abajo?

De cuando en vez, puedes mirar al revés.

De cuando en vez, puedes mirar al revés.

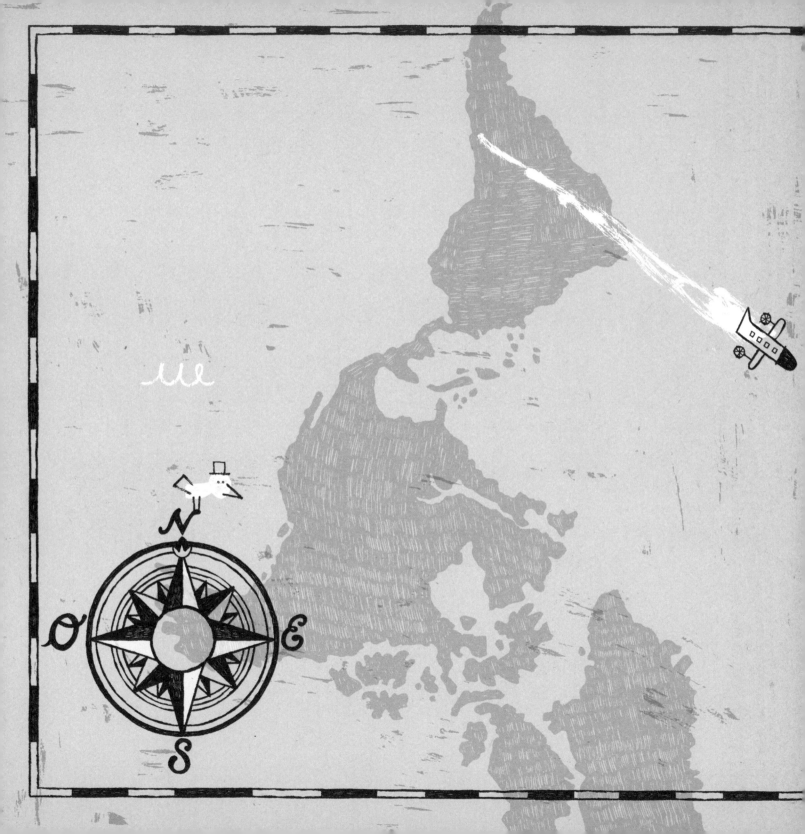